AF454594

LE BALLET DES SENS,

REPRÉSENTÉ

POUR LA PREMIERE FOIS,

Le cinquiéme jour de Juin 1732.

PAR L'ACADEMIE ROYALE DE MUSIQUE.

DE L'IMPRIMERIE
De Jean-Baptiste-Christophe Ballard,
Seul Imprimeur du Roy , & de l'Académie Royale de Musique.

M. D C C X X X I I.

AVEC PRIVILEGE DU ROY.

LE PRIX EST DE XXX. SOLS.

AVERTISSEMENT.

ON ne jouë que trois Entrées, des cinq qui com-
poſent ce Ballet. Elles paroîtront toutes ſuc-
ceſſivement. Il a fallu s'accommoder à la Saiſon, &
racourcir un Ouvrage, qui eût été de juſte meſure
pour des Repréſentations d'Hyver.

LA premiere Entrée *Caracteriſe*	L'O D O R A T.
La deuxiéme	LE TOUCHER.
La troiſiéme	LA VUE.
La quatriéme	L'OUIE.
La cinquiéme & derniere	LE GOUT.
Le Prologue	L'ASSEMBLE'E DES DIEUX.

Acteurs & Actrices Chantants dans tous les Chœurs de ce Ballet

CÔTE' DU ROY.		CÔTE' DE LA REINE.	
Meſdemoiſelles	*Meſſieurs*	*Meſdemoiſelles*	*Meſſieurs*
Dun.	Dun.	Antier-C.	Le Myre.
	Flamand.		Deſerre.
Lavallée.	S. Martin.	Tettelette.	Morand.
	Lefevre.	Charlard.	Plet.
Campourcy.	Marcelet.		Louette.
	Buſeau.	Delorge.	Dautrep.
Gaumenil.	Deshais.	Ducoudray.	Laſalle.
	Dupleſſis.		Beſſon.
Chancelet.	Combault.	Deshaigle.	Ducheſne.
Louvette.	Bornet.	Souris-C.	Houbault.

PROLOGUE.

ACTEURS CHANTANTS.

JUPITER, Mr. Chaffé.

VENUS, Mlle. Eermans.

MERCURE, Mr. Dumaft.

CHOEUR DES DIEUX.

ACTEURS DANSANTS.

JEUX ET PLAISIRS;

Meffieurs Matignon, Dupré, Savar, Dangeville, Hamoche.

Mademoifelle Feret;

Mefdemoifelles Thybert, Durocher, Carville, Saint Germain, Favre.

APROBATION.

J'AY lû par Ordre de Monfeigneur le Garde des Sceaux, *Le Ballet des Sens*, en cinq Actes; Reprefentez fous des Allegories inge-nieufes. Fait à Paris, le vingt-un May mil fept cent trente-deux. Signé GALLYOT.

PROLOGUE.

Le Théâtre repréſente l'Aſſemblée des Dieux, JUPITER eſt ſur ſon Trône, MERCURE & VENUS à ſes pieds ; ſur les Aîles, ſont les Divinitez dont les Attributs & les Emplois frapent chacun des Sens, ZEPHIRE tient un Vaſe de Parfums, APOLLON ſa Lyre, BACCHUS la Coupe, dont il verſe le Nectar ; l'AMOUR armé de ſon Carquois, en preſente les Fléches aux Graces ; IRIS eſt ſur ſon Arc orné de diverſes couleurs.

CHOEUR DES DIEUX.

Upiter, exaucez les Mortels gemiſſans,
C'eſt peu que le travail, ou l'ennuy les accable,
Pour déſarmer la Parque inexorable
Tous leurs vœux ſont impuiſſans.

PROLOGUE,

VENUS.

Ton bras soûtient contre l'effort des ans
Les Arbres, les Rochers, de ta vaste puissance
Trop insensibles monumens ;
Des Mers & des Forests les divers Habitans
Joüissent de tes dons, mais sans reconnoissance :
Les Humains t'adressent leurs vœux,
Ta gloire chaque jour s'accroît par leur hommage :
Pourquoy ton plus parfait ouvrage
Est-il le moins cher à tes yeux ?

JUPITER,

Ma Fille, du Destin tel est l'ordre suprême ;
Si la Parque sur eux n'exerçoit pas ses droits,
Leur orgueil les auroit égalez à nous-même,
Ils m'offrent de l'encens, ils braveroient mes loix.

VENUS ET MERCURE.

Si des Destins l'ordre est irrévocable,
Laissez-nous aux Humains donner d'heureux secours,
Laissez-nous verser sur leurs jours
Un charme favorable,
Qui les console au moins de leur rapide cours.

VENUS.

Qu'ils ne trouvent que des délices
Dans l'usage de leurs Sens.

JUPITER.

Peut-être ils changeront par d'injustes caprices
Les sources du plaisir en mille affreux tourmens.

Cependant à vos vœux je ne suis plus contraire.

Volez charmants Plaisirs, volez de toutes parts ;
Suivez chez les Mortels la Reine de Cythere ;
Brillez, enchantez leurs regards,
Regnez, & que le Dieu des Arts
Vous embelliffe & vous éclaire.

VENUS ET MERCURE.

Raffemblez-vous, Plaisirs, aimables Enchanteurs,
Entrez dans tous les Sens, & penetrez les cœurs.

MERCURE.

Que Zephire faffe éclore
Les plus riantes couleurs.

VENUS.

Qu'il y joigne encore
Le doux parfum des odeurs.

MERCURE.

Qu'Appollon foûpire
De tendres accords.

VENUS.

Que Bacchus infpire
D'aimables tranfports.

ENSEMBLE.

Que l'Amour fuive nos traces ;
Que la main des Graces
Aiguife fes traits :
Que l'Amour fuive nos traces,
Que la main des Graces,
A tout ce qu'elle touche adjoûte des attraits.

CHOEUR.

Mortels, de vos beaux jours songez à faire usage,
Enchaînez vos momens par les Ris & les Jeux:
Entrez en partage
Des plaisirs que le Sort reservoit pour les Dieux.

VENUS.

Que les soûpirs,
Le tribut du bel âge,
Soient le gage
Des plaisirs.
Loin de nous, Rigueurs inhumaines!
Plus de fierté:
La volupté
Releve la Beauté.

Quelles peines
Pour un cœur,
De resister au bonheur,
Que luy promet l'Amour vainqueur!

CHOEUR.

Mortels, de vos beaux jours, &c.

FIN DU PROLOGUE.

L'ODORAT.

SUJET.

L E SOLEIL aima LEUCOTOE', Fille d'ORCHAME, Roy de Babilone; cette Princeſſe perit par la jalouſie de CLYTIE, ſa Sœur: APOLLON touché de ſa perte, métamorphoſa ſon Amante en l'Arbre qui produit l'encens.

Pour caracteriſer l'ODORAT, on a choiſi le parfum le plus ſenſible & le plus conſiderable par l'honeur qu'il a d'être employé au culte des Dieux.

Ovid. L. 4. Metam. Fab. 5. & 6.

ACTEURS CHANTANTS.

LEUCOTOÉ,   Mlle. Lemaure.

CLYTIE,   Mlle. Antier.

LE SOLEIL,   Mr. Tribou.

E N O N E, *Confidente de* CLYTIE, Mlle. Minier.

DIVINITEZ CELESTES,
de la fuite du SOLEIL.

PEUPLES DE BABILONE.

ACTEURS DANSANTS.

BABILONIENS, BABILONIENNES.

Monfieur Dupré;

Monfieur Laval, Mademoifelle Sallé;

Meffieurs Dangeville, Bontemps, Dupré,
Dumay.

Mefdemoifelles Thybert, Richalet, Feret, Durocher,
Carville, Lamartiniere, Favre.

L'ODORAT.

Le Theâtre repréfente les Jardins des Rois
de Babilone.

SCENE PREMIERE.

CLYTIE.

 *Zile des Zéphirs, Jardins délicieux,*
Fleurs, que le Dieu du Jour fait naître de ses
   feux,
Vous répandez envain une Odeur vive & pure :
C'eft icy que ce Dieu m'avoit donné fa foy ;
  Mais le volage, le parjure
 Vous embellit pour une autre que moy ;
Vous redoublez encor fon crime & mon injure.
Ingrat, tu me jurois de vivre fous ma loy,
  Tes fermens n'étoient qu'impofture ;
  Helas ! les tourmens que j'endure
Sont le prix de l'amour, dont j'ay brûlé pour toy.

****

SCENE II.
CLYTIE, ENONE.
ENONE.

CLytie , ignorez-vous que de vôtre Rivale
Le Soleil va remplir les superbes projets ,
Il la rend immortelle , & le Ciel pour jamais
Trompe vôtre haine fatale.

CLYTIE.

Enone , que dis-tu ? quel outrage ! grands Dieux !
Quoy ! je verrois mon ennemie
Me braver du haut des Cieux !
Mon Ingrat à sa perfidie ,
Ajoûteroit encor ce triomphe odieux !
Prévenons cet affront , seconde ma furie,
Que le fer, le poison en délivrent mes yeux.
Il vient : Elle se croit au comble de ses vœux ;
Mais ce plaisir sera le dernier de sa vie.

SCENE III.
LE SOLEIL, LEUCOTOE'.
LEUCOTOE'.

DEja vous me quittez, aimable Dieu du Jour.

LE SOLEIL.
Belle Leucotoé, vôtre interest m'appelle
    Dans la celeste Cour,
Le Destin m'a promis de vous rendre immortelle.

A la jeune Psiché l'Amour donna sa foy,
Il plaça dans les Cieux son Epouse nouvelle :
    Etes-vous moins aimable qu'Elle ?
Et pouvoit-il aimer plus tendrement que moy ?

LEUCOTOE'.
Quoy ! vous vivrez pour moy, vous par qui tout respire !

LE SOLEIL.
Nous unir à jamais, est le bien où j'aspire.
Non, dans tout l'Univers j'allume moins de feux,
    Que dans mon cœur n'en répandent vos yeux :

Pour les voir plus long-tems ces beaux yeux que j'adore,
    Je descens plus tard dans les Mers,
    J'éveille plus matin l'Aurore,
    J'abrege les nuits des hyvers.

L'ODORAT.

LEUCOTOE',

Dans toute la Nature il n'est rien qui ne sente
L'horreur de vôtre éloignement :
Jugez des langueurs d'une Amante,
Quand elle vous perd un moment.

Dans ces Jardins charmans si les Ombres descendent,
Et me cachent l'éclat dont vous parez les fleurs ;
Dans le Parfum qu'elles répandent,
Je sens vôtre pouvoir, & goûte vos faveurs.

LE SOLEIL.

Il faut nous affranchir des tourments de l'absence,
Vôtre jalouse Sœur vous tient en sa puissance,
Qu'un moment, loin de vous, me cause de frayeurs !

LEUCOTOE'.

Rassurez-vous, la haine de Clytie
Desormais semble rallentie :
Et je crains son courroux bien moins que sa beauté.

LE SOLEIL.

Quoy ! doutez-vous encor de ma fidelité ?

LEUCOTOE'.

Pardonne, cher Amant, pardonne à ma tendresse,
Je connois tout le prix de ma felicité ;
Mais l'amour de ma Sœur n'a que trop éclaté,
Tu pouvois y répondre, & m'échaper sans cesse,
Et son cœur s'en étoit flatté.

LE SOLEIL.

Clytie est vôtre Sœur , & vôtre Souveraine,
Pour vôtre seureté j'adoucissois sa haine ;
Mais les Dieux vont enfin vous ouvrir leur séjour,
Et vous ne craindrez plus une foible Mortelle ;
Je vais marquer au Ciel vôtre place nouvelle.

LEUCOTOE'.

Déja vous me quittez, aimable Dieu du Jour !

LE SOLEIL.

Belle Leucotoé, c'est l'Amour qui m'appelle,
S'il cause mon départ , il presse mon retour.

✳✳✳✳✳✳✳✳✳✳✳✳✳✳✳✳✳✳✳✳✳✳✳✳✳✳✳✳✳✳✳

SCENE IV.

LEUCOTOE'.

HAte-toy , Dieu brillant , cher maître de mon âme,
        Revien , rameine les Plaisirs :
Ruisseaux qui l'écoutiez , parlez-moy de sa flâme ;
Echos , n'avez-vous pas retenu ses soûpirs ?

        Hâte-toy , &c.

Et l'Hymen & l'Amour te portent sur leurs aîles,
        Je vois briller le flambeau , le Carquois,
Je vole dans ton char , je vole où tu m'appelles,
Le Ciel s'ouvre pour nous , c'est toy seul que j'y vois.

SCENE V.
LEUCOTOE', CLYTIE.
CLYTIE.

LE Soleil vous juroit une ardeur éternelle,
Je cesse desormais de troubler vos desirs.

   Pour rappeller un Infidelle,
   Devons-nous perdre des soûpirs ?
  C'est nous couvrir d'une honte nouvelle,
Et du volage encor redoubler les plaisirs.

LEUCOTOE'.

Non, je ne sçavois pas qu'il portât vôtre chaîne,
  Lorsque j'écoûtay ses discours :
Mon bonheur cesse enfin d'être mêlé de peine,
Puisqu'il ne trouble plus le repos de vos jours.

CLYTIE.

L'Amante dans mon cœur a fait place à la Reine :
Ce cœur est occupé de plus nobles projets,

LEUCOTOE'.

Les Dieux m'ont exaucée, ils calment vôtre haine.

CLYTIE.

  Songez aux sermens que m'a faits
  Un Amant parjure & volage,
  Puissiez-vous n'éprouver jamais
  La honte d'un pareil outrage !
  Il m'aimoit, il se dégage,
Il pourra s'enflamer pour de nouveaux attraits.

       LEUCOTOE'.

LEUCOTOE'.

Qu'entens-je ? Il changeroit ! un si cruel présage
Fait naître dans mon cœur mille troubles secrets.

CLYTIE.

Allez m'attendre au Temple, où par un sacrifice
De nos cœurs réünis, nous rendrons grace aux Dieux :
Nous couvrirons l'Autel de Parfums précieux ;
Jurons-nous une paix qui jamais ne finisse.

        LEUCOTOE' sort.

Rivale que je haïs, tu cours à ton supplice.

****

SCENE VI.

CLYTIE, ENONE.

CLYTIE.

Tout est-il prest, Enone, as-tu remply mes vœux?

ENONE.

Vous voyez dans mes mains un dépost précieux
Des fatales odeurs, qu'enfante la Colchide ;
Le fer ne porte pas une mort plus rapide :
Vous allez voir périr un Objet odieux ;
   C'est en sacrifiant aux Dieux,
Que vous l'immolerez par ce present perfide.

   CLYTIE, en prenant le vase.

De son sort & du mien que ce poison décide.

B

SCENE VII.
CLYTIE.

O Vangeance, ô plaisir dont les Dieux font jaloux,
   En dépit de ces Dieux je vais goûter vos charmes :
Ma Rivale se livre à mon juste couroux,
    N'attendons pas, pour luy porter mes coups,
    Que le Ciel luy prête des armes.

O vangeance, &c.

Quoy, j'immole ma sœur ! Helas ! un nom si doux
   Malgré moy fait couler mes larmes :
La Nature en mon cœur excite trop d'allarmes ;
Non, non, lâche Pitié, vains Remords taisez-vous.

O vangeance, &c.

   Soleil, que fais-tu dans les Cieux ?
  Tu vas pâlir en voyant ton Amante.
  Ah ! que sa mort & ta rage impuissante
   Sont un doux spectacle à mes yeux !
Il descend : J'apperçois la clarté renaissante :
Fuyons, allons remplir nos projets furieux.

SCENE VIII.

LE SOLEIL, LES HEURES,
Chœur de Babiloniens, Chœur de Divinitez Celestes.
CHOEUR DES DIEUX.

TRiomphez, regnez, Dieu du jour
Augmentez la celeste Cour
D'une Divinité nouvelle :
Répandez, répandez vôtre gloire immortelle
Sur l'Objet de vôtre amour.

LE SOLEIL.

Peuples de ces climats, celebrez ma conquête,
Dreſſez-luy les premiers Autels ;
Plaiſirs, Amours, à cette Fête
Intereſſez les Dieux & les Mortels.

CHOEUR DES BABILONIENS.

Triomphez, &c. On Danse.

LE SOLEIL.

Leucotoé devoit icy m'attendre ;
Qui peut la ravir à mes yeux ?
Ceſſez vos chants, je ne puis les entendre :
O Ciel ! en quel état me la rendent les Dieux !

LEUCOTOE' arrive, ſoûtenuë par deux Confidentes.

SCENE IX.

LE SOLEIL, LEUCOTOE', LES PEUPLES.
LEUCOTOE'.

J'Expire, mes ſens m'ont trahie...
Dans un parfum délicieux,
Que j'aimois, que j'ay crû l'ouvrage de vos feux,
Je reſpire un poiſon qui me coûte la vie.

Le vase par Clytie est offert à mes yeux :
Je l'ouvre, elle veut fuir, la vapeur qu'il exale
La plonge en un instant dans la nuit infernale.

LE SOLEIL.

Que me sert que sa mort vange ce crime affreux ?
O trop barbare Sœur !

LEUCOTOE'.

Trop funeste Rivale !

Epouse du Soleil, mon sort étoit trop beau :
Adieu, cher Objet que j'adore.
Mes yeux vont se fermer, & te cherchent encore.
Que tes rayons du moins luisent sur mon tombeau !
Ma cendre sentira le feu qui nous dévore.

LE SOLEIL.

Que ne puis-je mourir & la suivre aux Enfers !
Ah ! dans la nuit la plus profonde
Laissons languir tout l'Univers,
Que tout ce qu'allumoit ma lumiere feconde
Meure avec le bien que je pers.
Mais, la Terre à son tour s'amollit par mes larmes,
Ranime ce que j'aime, & luy rend d'autres charmes.

On voit sortir l'Arbre qui produit l'Encens.

Arbre, devien sensible à mes gémissemens.
Ton feüillage s'agite & semble me les rendre,
Entr'ouvre tes rameaux à mes embrassemens,
Helas ! je sens son cœur sous cette écorce tendre.
Quelle divine odeur s'éleve jusqu'aux Cieux !
Encens aussi pur que sa flâme,
Tandis que vous ferez les délices des Dieux,
Reprochez-leur les maux qu'ils causent à mon âme.

FIN.

LE TOUCHER.

SUJET.

PROTESILAS, Roy de Megare, fût le premier des Grecs qui perit au Siege de Troye. LAODAMIE son Epouse ne trouvoit de consolation qu'au pied de la Statuë de ce Heros : Elle ne cessoit de l'embrasser, comme si ses caresses eussent pû l'animer. Les Dieux recompenserent sa vertu au-de-là de toute esperance ; & PROSERPINE ramena des Enfers, un Epoux si regreté.

On a preferé cet évenement à quelques autres qui auroient pû se rapporter au Sens dont il s'agit ; tels que MIDAS convertissant en Or ce qu'il touchoit, ANTEE qui reprenoit ses forces en touchant la terre : Les Filles d'ANIUS qui changeoient en bled & en vin tout ce qui passoit par leurs mains : Mais il falloit donner à ce Sens, un plaisir plus délicat. Et pour concilier l'amour & la bien-seance, on a mis sur la Scene des Personnages animez d'une ardeur legitime.

Hygin. Fab. 103. *Ovid. L.* 12. *Fab.* 1. Et Epître Heroïque de Laodamie à Protesilas.

A 2.

ACTEURS CHANTANS.

LAODAMIE,   Mlle. Pelissier.
PROTESILAS, *Roy de Megare,* M^r. Tribou.
DIOMEDE,   M^r. Chassé.
PROSERPINE,   Mlle. Julie.
PRESTRESSES *de Proserpine,*
UNE PRESTRESSE.   ⎫
UNE OMBRE.   ⎬ Mlle. Eermans.
OMBRES *d'Amants & d'Amantes.*

ACTEURS DANSANTS.

PRESTRESSES DE PROSERPINE;

Mesdemoiselles Thybert , Durocher , Favre ,
S. Germain , Feret, Lamartiniere , Carville.

OMBRES HEUREUSES;

Monsieur D-Dumoulin ;

Messieurs P-Dumoulin , F-Dumoulin , Dangeville,
Malter-L. Malter-C.

Mesdemoiselles Thybert , Durocher , Feret , Favre,
Saint Germain.

LE TOUCHER.

Le Théâtre represente le Temple de PROSERPINE, au milieu duquel est la Statuë de PROTESILAS. LAODAMIE est aux pieds de la Statuë.

SCENE PREMIERE.

LAODAMIE, CHOEUR de Grecques & de Prêtresses de PROSERPINE.

UNE PRESTRESSE.

Igne Fille de Cérès,
Reçoy les vœux d'un cœur tendre;
Que l'Objet de nos regrets
Puisse aujourd'huy les entendre.

CHOEUR.

Digne, &c.

LA PRESTRESSE.

Au nom des droits des Amans
Ouvre ton cœur à nos plaintes;
Au nom de tes traits charmans,
Dont Pluton sent les atteintes.

A 2 ij

CHŒUR.

Digne Fille de Cérès,
Reçoy les vœux d'un cœur tendre;
Que l'Objet de nos regrets
Puisse aujourd'huy les entendre

LA PRESTRESSE.

Tes sujets ont quelquefois
Repassé l'Onde infernale,
Pluton revoquant ses loix
Rendit un fils à Tantale :
Rend-nous le plus grand des Rois,
Malgré la Parque fatale.

CHŒUR.

Digne, &c.

LAODAMIE.

Illustre & cher Epoux, non non, la Mort cruelle
Ne sçauroit separer nos cœurs :

Tu respires encor dans ce Marbre fidele,
Qui trompe & nourrit mes douleurs.
Je le Touche, l'embrasse, & crois que j'y rapelle
La vie & nos chastes ardeurs :

Illustre & cher Epoux, non non, la Mort cruelle
Ne sçauroit séparer nos cœurs.

Vous

LEUCOTOE'.

Vous, fidelles Sujets, honorez ce que j'aime,
Posez icy ce fer, ces dards, ce Diademe;
Seuls restes d'un Roy si fameux:
Ce Trophée est l'Autel qui recevra mes vœux.

Les Prêtresses se retirent au fond du Temple.

SCENE II.

LAODAMIE, DIOMEDE.

DIOMEDE.

BElle, Reine il est tems que vôtre douleur céde
Aux soins de vos Etats, aux vœux de vos Sujets:
Le desespoir qui vous possede
Ne doit pas dans les pleurs éteindre tant d'atraits.

LAODAMIE.

Quel Epoux, quel Amant plus digne de regrets!
Eh! qui scait mieux que Diomede
Si de si justes pleurs doivent tarir jamais.

DIOMEDE.

Nos cris ne percent pas jusqu'au sombre rivage;
Ne perdez plus de precieux soûpirs,
Profitez mieux des beaux jours de vôtre age,
Le Ciel veut desormais en faire un autre usage:
Les ravir aux douleurs & les rendre aux plaisirs.

LAODAMIE.

Voilà de mes plaisirs & l'objet & le gage :
Dans ces embraſſemens je goute mille appas,
Vous voyez dans ces traits ſa fierté, ſon courage ;
Sa flâme dans ſes yeux, ne brille-t-elle pas ?
Il ſemble de mon cœur entendre le langage,
Il ſemble qu'il me tend les bras.

DIOMEDE.

Vous rapeller vos maux, c'eſt les aigrir encore.

LAODAMIE.

Non, non, parlons toûjours du Heros que j'adore,
Vôtre main luy ferma les yeux ;
Dans ſes derniers momens, parloit-t'il de nos feux ?
Mon nom eſt-t'il ſorty de ſa bouche expirante ?
Helas ! il ſçavoit trop dans quel abime affreux
Sa perte alloit plonger ſa malheureuſe Amante.

DIOMEDE, à part.

O Ciel ! que ces tranſports redoublent mes tourmens !

LAODAMIE.

Nos cœurs étoient unis dès nos plus jeunes ans,
Et le Deſtin cruel pour jamais les ſépare :
Helas ! par un bonheur aux Souverains ſi rare,
L'Hymen avoit en nous couronné deux Amans.

DIOMEDE.

De ses vertus, de sa constance
Protesilas reçut la récompense ;
Mais étoit-il le seul sensible à vos apas ?
D'autres avoient des yeux & soupiroient tout bas :
Vôtre choix m'imposa silence.

Pour combattre mes feux, j'eus recours à l'absence :
J'allay chercher la gloire & les combats ;
Le bonheur d'un Epoux m'ôtoit toute esperance,
Elle renaît par son trépas,
A vos genoux j'ay rapporté ses armes.
Il m'imposa luy-même un devoir si fatal,
Ma flame est rallumée en revoyant vos charmes ;
Mon amy n'est plus mon Rival.

LAODAMIE.

Qu'entens-je ? quel discours ! ô Ciel ! le puis-je croire !
Respectez-vous si peu ma douleur & ma gloire ?

DIOMEDE.

Vos reproches sont superflus,
Mon triste cœur les avoit prévenus ;
Accablé de douleurs, craignant de vous déplaire,
Brûlant de m'expliquer, résolu de me taire,

J'étois encor prest à partir,
Vains projets ! Un moment a sçû les démentir.
Envain cet aveu vous offense,
Non, il n'est plus en ma puissance,
Ny d'éteindre mes feux, ny de m'en repentir.

LAODAMIE.

Fuyez, ne cherchez point à meriter ma haine.

DIOMEDE.

Un Rival, qui n'est plus, traverse encor mes vœux;
Et je ne puis briser une fatale chaîne.
Ah! terminons des jours trop malheureux.
Applaudissez-vous, Inhumaine,
Je vais chercher loin de vos yeux
La mort, le seul remede à mes tourmens affreux.

SCENE III.
LAODAMIE.

QUoy ! d'un frivole amour le fort le defefpere?
    Son cœur ne peut furvivre à des mépris ?
La perte que j'ay faite eft bien d'un autre prix.

Malheureufe ! & je puis voir encor la lumiere !
Quelle foudaine horreur vient fraper mes efprits !

O Mort ! dans les tourmens qui devorent mon ame,
    Ce n'eft qu'à toy que je veux recourir ;
    En perdant l'Objet de ma flame,
    J'avois commencé de mourir.
Si ces traits impuiffants, cette image infenfible,
Par un charme fecret fufpendoient mes douleurs ;
Quels feront nos plaifirs dans le féjour paifible,
Quand nous pourrons mêler nos foûpirs & nos pleurs!

    Quel bruit foudain! quelle frayeur nouvelle !
    La terre tremble fous mes pas.
La Statüe fe brife & s'abime.
O Dieux! ce Monument d'une flame fi belle,
Devoit-il de la foudre, attirer les éclats?
    J'ay tout perdu, je languis, je chancelle ;
Le jour fuit, j'entrevois les routes du trépas.
               Elle tombe évanouïe.

SCENE IV.

PROSERPINE, PROTESILAS, LAODAMIE.

PROSERPINE, à Protesilas.

Ouvre les yeux à la clarté celeste,
Triomphe de la mort, c'est le prix de tes feux ;
Pour Admete autrefois j'ay fait revivre Alceste,
Tendre Epoux, je te rends à l'Objet de tes vœux.

PROTESILAS, à Laodamie.

Enfin je vous revois, Amante trop fidele.

LAODAMIE.

Qu'entens-je ? Quelle voix m'appelle ?
L'ombre de mon Epoux.....

PROTESILAS.

Non, je revois le jour,
Et ce bien m'est cent fois moins cher que ton amour.

LAODAMIE.

Quel prodige ! Qui l'eût pû croire ?

PROTESILAS.

Voy la divine main qui nous rejoint tous deux.

PROSERPINE.

Que le fidele Amour en ait toute la gloire,
Il se sert de ma main pour rallumer vos feux.

BALLET DES SENS.

PROTESILAS ET LAODAMIE.

Triomphe, tendre Amour, tout céde à ta puiſſance,
La Parque t'obeït, tu domptes ſes rigueurs ;
Quels torrens de plaiſirs tu verſes dans nos cœurs,
Plaiſirs que n'avoit pas prévenu l'eſperance.

PROSERPINE.

Vôtre bonheur vous eſt rendu ;
Aux feux conſtans il n'eſt rien d'impoſſible :
Le plaiſir qu'on retrouve eſt cent fois plus ſenſible,
Que le plaiſir qu'on n'a jamais perdu.

Vous qui de vos ardeurs conſervez la memoire,
Habitans fortunez de ma paiſible Cour,
Venez Ombres, venez rendre hommage à l'Amour,
Je fais briller icy mon pouvoir & ſa gloire.

CHOEUR des Ombres heureuſes.

L'Amour répand ſur vous ſes plus cheres faveurs,
Tendres Epoux, que vôtre chaîne eſt belle !
Puiſſiez-vous aux tranſports des naiſſantes ardeurs,
Unir comme nous, les douceurs
D'une paix éternelle !

UNE OMBRE.

Dans le paisible séjour
Reservé pour l'Innocence,
Regne le tranquille Amour,
Affranchy de l'inconstance :

Entre d'immortelles fleurs
Le Léthé coule sans cesse ;
Nous oublions nos malheurs,
Et jamais nôtre tendresse.

Le Soleil de ses rayons
Jamais ne nous environne,
Nous ne goûtons plus les dons
De Cérès & de Pomone ;
Mais les doux Embrassemens
Des Ombres qu'Amour enchaîne,
Les dédommagent sans peine
Des plaisirs des autres Sens.

CHOEUR.

L'Amour répand sur vous ses plus cheres faveurs,
Tendres Epoux, que vôtre chaîne est belle !
Puissiez-vous aux transports des naissantes ardeurs,
Unir comme nous, les douceurs
D'une paix éternelle !

FIN.

LA VUE.

SUJET.

C'EST une fiction hazardée , mais cependant fondée fur la Nature à l'exemple de celles d'O v i d e : les couleurs font l'objet & le plaifir de la Vue. I r i s eft caracterifée par Elles , & cette Déeffe favorite de J u n o n offre à la Terre le plus riant Spectacle : l'A m o u r en ouvrant les yeux, donne à I r i s fes premiers regards, elle écarte les nuages que luy oppofe A q u i l o n , ce qui caracterife fon averfion pour luy. L'A m o u r & I r i s femblent faits pour donner les beaux jours au monde.

ACTEURS CHANTANTS.

L'AMOUR, Mlle. Lemaure.

ZEPHIRE, Mlle. Petitpas.

IRIS, Mlle. Eermans.

AQUILON, Mr. Dun.

BERGERS ET BERGERES.

ACTEURS DANSANTS.

BERGERS ET BERGERES;

Monsieur Laval;

Monsieur D-Dumoulin, Mademoiselle Camargo;

Messieurs Matignon, Bontemps, Malter-C.,
P-Dumoulin, F-Dumoulin.

Mesdemoiselles Thybert, Richalet, Mariette,
Lamartiniere, Feret.

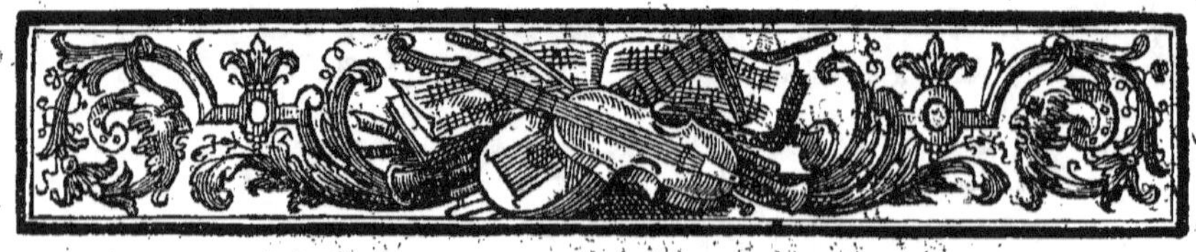

LA VUE.

Le Theâtre repréfente une vafte Campagne, bornée
par des Côteaux fleuris.

SCENE PREMIERE.

L'AMOUR, ZEPHIRE.

L'AMOUR.

M Es yeux qu'un voile épais a fi long-tems
couverts,
S'ouvrent enfin à la lumiere :
Cher Zephire, je crois voir naître l'univers,
Je crois que le Soleil qui colore les airs,
Commence pour moy fa carriére.

ZEPHIRE.

Songe à quelle prix les Dieux t'accordent ces bienfaits.

Amour, quand ta main temeraire
Fait voler au hazard tes flâmes & tes traits,
Ton bandeau fert d'excufe aux maux que tu peux faire :
L'excufe ceffe deformais ;

C'eft pour le bien des cœurs que le deftin t'éclaire.

A 3. ij

L'AMOUR.

Si je dois m'ocuper à faire leur bonheur
Je veux en essayer le secret sur moy même,
Et je sens dejà que mon cœur
A trouvé ce qu'il faut que j'aime.

ZEPHIRE.

Ce n'est pas Flore au moins qui te tient sous sa loy.

L'Amour est un rival qui cause trop d'effroy,
Pour ce maître des cœurs il n'est point de cruelle;
Le destin m'a donné des aisles comme à toy,
Nous possedons tous-deux la jeunesse immortelle,
Tu cesses d'être aveugle, on te prendra pour moy,
Flore s'y tromperoit sans paroître infidelle.

L'AMOUR.

Je ne troubleray point tes feux.

C'est entre la Terre & les Cieux
Que brille l'Objet qui m'enchante :
Son trône est un arc radieux,
Et toutes les couleurs qui seduisent les yeux
Forment sa parure éclatante :
C'est sur son front serein qu'on voit regner les jeux,
Sa presence toûjours cherie & bien-faisante
Dissipe en un moment les orages affreux;
C'est Iris, de Junon l'aimable confidente.

ZEPHIRE.

Amour, tu t'es bleſſé du plus beau de tes dards ;
Rien n'égale l'Objet à qui ton cœur s'arrête,
Et ce choix nous àprend que c'eſt par les Regards,
Que doit toûjours commencer la conqueſte.

Mais, ſçais-tu qu'Aquilon luy porte ſes ſoupirs ?
Aquilon l'ennemy de Zephire & de Flore,
Qui ravage les dons que nos feux font éclore,
Et qui trouble le monde en troublant nos plaiſirs :
Que je ſeray content, s'il perd toute eſperance !

L'AMOUR.

Va, je n'oubliray rien pour hâter ta vangeance.

ZEPHIRE.

Puiſſai-je à mon retour voir combler tes deſirs !
Je pars, je vais à Flore en faire confidence.

SCENE II.
L'AMOUR.

*E*Nchantez mes regards, Objets délicieux,
  Vous me dédommagez du sejour du Tonnerre,
Brillez, naissantes Fleurs, vous étes à la terre
    Ce que les Astres font aux cieux.

    Coulez Ruisseaux, amants de la verdure,
Chantez Oyseaux, chantez, peuple toûjours heureux,
C'est vous dont je reçois l'offrande la plus pure,
    Le plaisir n'éteint point vos feux;
    Passez dans mon cœur amoureux
Charmes, que je répands sur toute la nature.

Mais, qui peut du Soleil obscurcir les rayons?
Quels déluges font prêts d'innonder ces vallons?
Helas! je languiray dans une longue attente;
Iris ne viendra point, l'orage l'épouvante.....

Elle paroît: mes yeux, contemplez tant d'apas:
Momens de m'expliquer, ah! ne differez pas.

SCENE III.

IRIS, SUR L'ARC-EN-CIEL, L'AMOUR.

IRIS.

VEnts furieux, cessez vôtre guerre funeste,
Qu'un calme heureux regne dans l'univers,
Que mes douces splendeurs éteignent les éclairs ;
Torrens qui descendez de la voute celeste,
Arrêtez, demeurez suspendus dans les airs.

Vous, Ormeaux, relevez vos languissans feüillages ;
Oyseaux intimidez à l'aspect des orages,
 Volez, reprenez vos concerts,
 J'aime à recevoir vos hommages.

L'AMOUR.

Triomphez, belle Iris, tout ressent vos attraits,
 Et vos regards font des bienfaits :
 Vos couleurs font pâlir l'Aurore.

Le Soleil éblouit, vôtre éclat est plus doux ;
Si la terre applaudit à la beauté de Flore,
L'Air, la Terre & les Cieux, tout s'embellit par vous.

IRIS, prenant l'Amour pour Zephire.

 Vous servez Flore, elle vous aime,
Zephire, pouvez-vous vanter d'autres apas ?

L'AMOUR.

A ce discours, avoüez-le vous-même,
Vous ne me reconnoissez pas.

IRIS.

Je reconnois Zephire, & peut-on s'y méprendre ?
Toûjours plus amuſant que tendre,
Vous étes prêt à vous rendre,
Plus prompt à vous dégager :
Je ne me deffens pas du plaiſir paſſager
De vous voir & de vous entendre,
Vôtre inconſtance en ôte le danger

L'AMOUR.

Non, je vous aime, Iris, pour ne jamais changer.

IRIS.

N'aviez-vous pas fait la même promeſſe
A la Divinité dont vous ſuiviez les loix ?

L'AMOUR.

Non, tout ce que pour vous je reſſens de tendreſſe,
Croyez que je le ſens pour la premiere fois.

On n'a jamais brulé d'une ardeur plus ſincere,
J'en atteſte les Dieux, & ce jour qui m'eclaire ;
Croyez que de l'Amour vous entendez la voix :
Je ne rougiray point aux yeux de Flore même
De vous jurer que je vous aime,
Et que vos ſeuls appas ont merité mon choix.

IRIS.

IRIS.

Qu'entens-je ? quel trouble il m'inspire !
Où suis-je ? o Ciel ! je vois & je cherche Zephire :
Quel éclat releve ses traits !
Les accens de sa voix sont plus doux que jamais.

L'AMOUR.

Ah ! connoissez l'Amant soumis a vôtre empire.

IRIS.

Fuyez, Aquilon vient : ô Dieux ! que je le hais !

✳✳✳✳✳✳✳✳✳✳✳✳✳✳✳✳✳✳✳✳✳✳✳✳✳✳✳✳✳✳✳✳✳✳✳✳✳✳

SCENE IV.

AQUILON, IRIS, L'AMOUR,
Crû ZEPHIRE.

AQUILON.

AImable Iris, craignez moins ma présence,
Je bannis loin de vous mes suivans orageux,
Je renonce à mes droits, je suspens ma puissance,
Mais suspendez aussi vos mepris rigoureux,
Flattez d'un rayon d'esperance
L'amour le plus constant, & le plus malheureux.

IRIS.

Je ne puis que vous plaindre ;
D'une inutile ardeur pourquoy vous occuper ?
Je serois plus coupable encor de vous tromper,
Que de vous aider à l'éteindre.

AQUILON.

Vous ne m'annoncez donc qu'un éternel malheur,
Et je m'étois flatté d'une esperance vaine :

　　Pourquoy m'envier, Inhumaine,
　　Jusqu'au plaisir de l'erreur ?
Les soupirs, les transports d'une si vive ardeur
　　Ont-ils merité vôtre haine ?

IRIS.

Nos cœurs ne font pas faits pour le même lien ;
Vous annoncez toûjours ou suivez le tonnerre,
Entre les Elemens vous excitez la guerre :
Le soin de les calmer fait mon unique bien.

AQUILON.

Nôtre accord causeroit le bonheur de la terre.

IRIS.

　　Je ne sçay s'il feroit le mien.

AQUILON.

Ah ! je vois les raisons de tant de resistance
　　Un autre amant est écouté ;
Le volage Zephire obtient la préference
　　Sur ma fidelité.

IRIS.

Qui vous dit que Zephire ait vaincu ma fierté ?

AQUILON.

　　Ses discours que je viens d'entendre,
Plus encor vôtre trouble, & sa tranquilité.

IRIS.

Eh! qui m'obligeroit à feindre?
Quel droit avez-vous de vous plaindre?
De quel espoir vous avois-je flatté?
C'est assez, laissez moy rendre la paix au monde
Que vous avez épouvanté;
Aux ordres de Junon il faut que je reponde.

AQUILON.

Non, ce n'est point aux Dieux que vous obeïssez,
Vous voulez vous soustraire à mes soins empressez:
Mais craignez les fureurs que le depit m'inspire,
Si je ne puis voler aux celestes Palais;
Si la terre & les airs terminent mon empire,
Ah! du moins icy bas ne paroissez jamais;
Je vous oposeray le plus sombre nuage,
J'obscurciray l'éclat de vos attraits,
J'armeray les vents & l'orage,
Et Zephire qui moutrage,
Enseveli, glacé sous mes frimats épais,
Ne triomphera pas des maux que l'on m'a faits.

Il sort.

S C E N E V.

I R I S, L' A M O U R.

I R I S.

AH ! je tremble pour vous.

L' A M O U R.

Ah ! trop aimable crainte !
En faveur de mes feux je l'explique aujourd'huy :
Mais, Aquilon exale une inutile plainte,
Et l'Amour qu'il menace, est plus puissant que luy.

I R I S.

Quoy ! vous estes l'Amour ! ce Dieu, dont le partage
Est de rendre les cœurs heureux !

L' A M O U R.

Vous deviez le connoître à l'excès de ses feux.

I R I S.

Quoy ! vous estes l'Amour ! c'est l'Amour qui m'engage !
Et qui m'offre ses premiers vœux !
Mon trouble étoit donc vôtre ouvrage !
Mais, l'Amour n'a-t-il plus un bandeau sur les yeux ?

L' A M O U R.

De la Clarté, le Ciel me rend l'usage
C'est vous qui m'en rendez l'usage precieux.

ENSEMBLE.

Ne songeons deformais qu'au bonheur de nous plaire :
Ah ! que nôtre chaîne a d'attraits !
L'immortalité ne m'est chere
Que pour vous aimer à jamais.

L'AMOUR.

Zephire sçait l'ardeur qui pour vous me devore,
Il va bientôt paroître dans ces lieux :

Je l'entens : sur ses pas, voyez la Cour de Flore ;
Vous avez éloigné l'Aquilon furieux.
Ces Bergers vont chanter ces jours, ces jours heureux,
Que vous seule faites éclore.

✳✳✳✳✳✳✳✳✳✳✳✳✳✳✳✳✳✳✳✳✳✳✳✳✳✳✳✳✳✳✳✳

SCENE VI.

IRIS, L'AMOUR, ZEPHIRE,

CHOEUR DE BERGERS.

ZEPHIRE.

JOuissez après l'orage,
De l'éclat d'un si beau jour :
Tout renaît dans ce boccage,
Les plaisirs sont de retour.

LE CHOEUR, *Jouissons*, &c.

ZEPHIRE.

A l'Amour tout rend hommage,
Jamais les tendres Oyseaux
N'ont éveillé les Echos,
Par un plus tendre ramage.

LE CHOEUR, *Jouissons*, &c.

ZEPHIRE.

Plus de Bergere volage,
Plus d'ingrats dans ce hameau,
Sans soin, sans jaloux ombrage,
Dans un fidelle esclavage,
Un bonheur toûjours nouveau
Deviendra vôtre partage :

L'Amour même en est le gage,
Il s'offre à vous sans bandeau ;
Pour vos feux quel doux présage.

LE CHOEUR.

Joüissons après l'orage
De l'éclat d'un si beau jour :
Tout renaît dans ce boccage,
Les plaisirs sont de retour.

ZEPHIRE.

Triomphez, triomphez, Divinité brillante,
Vous enchaînez le Dieu qui soûmet tous les cœurs,
Quelle gloire plus éclatante !
Le bonheur de l'Amour, dépend de vos ardeurs.

LE CHOEUR, *Triomphez,* &c.

ZEPHIRE, à IRIS.

Par des beautez toûjours nouvelles
Vous charmez les regards surpris :
L'Amour qui vous choisit entre les Immortelles,
Du doux plaisir de Voir, par vous, sent tout le prix.

CHOEUR, *Triomphez,* &c.

UNE BERGERE.

Les Regards sont les premiers traits
Du charmant vainqueur de Cythere :

Ils sont l'ame de nos secrets,
Et le signal de l'amoureux mistere.

Les regards sont les premiers traits
Du charmant vainqueur de Cythere.

Trop heureux qui voit ses progrès
Dans les yeux de sa Bergere !
Quel oracle aux amants parfaits
Plus doux, plus flateur, plus sincere !

Les Regards sont les premiers traits
Du charmant vainqueur de Cythere :

Cette fleur qui fût l'amante
De l'Astre qui regle les jours,
S'ouvre à sa clarté naissante,
Et vers luy se tourne toûjours.
Le matin épanouie,
Elle se ferme le soir.
Elle trouve une autre vie
Dans le plaisir de le voir.

CHOEUR.

Triomphez, triomphez Divinité brillante,
Vous enchaînez le Dieu qui soûmet tous les cœurs,
Quelle gloire plus éclatante !
Le bonheur de l'Amour, dépend de vos ardeurs.

FIN.

L'OUIE.

SUJET.

LES SIRENES habitoient une Ifle , où, par la douceur de leurs chants , elles attiroient les hommes à deffein de les immoler ; Cruauté, qu'elles autorifoient par un Oracle qui leur annonçoit leur perte , fi un feul Mortel pouvoit échaper au piége qu'elles tendoient à tous : Au retour de la guerre de Troye , ULISSE & ORPHE'E furent attirez dans cette Ifle ; ils alloient y perir , fi le charme n'eût été rompu par un charme fuperieur. C'eft à quoy réüffit ORPHE'E , fes chants vainquirent ceux des Sirenes; Les unes par defefpoir, fe précipiterent dans la Mer ; Les autres furent changées en Rochers ; Et c'eft à ce Prodige de l'Harmonie, qu'ULISSE & fa Flotte furent redevables de leur délivrance.

Ovid. Metam. L. 5. Fab. 10.

ACTEURS CHANTANTS.

LA REINE DES SIRENES, Mlle Peliſſier.

LEUCOSIE, } SIRENES. { Mlle Eermans.
PARTENOPE, { Mlle Minier.

ULISSE, M^r. Chaſſé.

ORPHE'E, M^r. Dumaſt.

CHOEUR DES SIRENES.

CHOEUR DES GRECS de la ſuite d'ULISSE.

ACTEURS DANSANTS.

S Y R E N E S;

Mademoiſelle Sallé ;

Meſdemoiſelles Durocher , Carville , Thybert,
Lamartiniere , Favre , S. Germain , Feret.

LOUIE.

Le Théâtre represente l'Isle des Sirenes.

SCENE PREMIERE.

ULISSE, ORPHE'E.

ULISSE.

'En est trop, cher Orphée, & tes craintes sont
vaines.

ORPHE'E.

Ulisse, arrachez-vous au piege des Sirenes;
Les Mortels attirez par des plaisirs trompeurs,
Du trépas dans cette Isle éprouvent les horreurs.

ULISSE.

Ces Monstres, à les vaincre, animent mon courage;
Va rassurer nos Grecs : Du fruit de mes exploits,
Ils jouiront bientôt, en quittant ce rivage.

ORPHE'E, à part.

O Ciel! daigne éloigner les maux que je prévois!

A 4. ij

S C E N E II.

U L I S S E.

PArcourons ces détours, je veux encor entendre
Ces chants délicieux, dont mon cœur est épris.

Après tant de travaux pour la gloire entrepris,
D'un moment de plaisir faudra-t-il me deffendre?
Quel sera mon bonheur, si d'une voix si tendre,
Une rare beauté releve encor le prix!

Parcourons, &c.

S C E N E III.

LA REINE, LEUCOSIE, PARTENOPE.

L E U C O S I E.

REine, que tardons-nous à prendre nos victimes?

LA REINE.

Toûjours des flots de sang, toûjours de nouveaux crimes!

PARTENOPE.

Voulez-vous braver les malheurs
Que l'Oracle a sçû vous prédire?
S'il faut qu'un seul Mortel échappe à nos fureurs,
Vous perdez le jour & l'Empire.

BALLET DES SENS.

LA REINE

Cruelles Sœurs, souffrez que je respire !

Depuis qu'Ulisse est sur ces bords,
De ma raison je cherche en vain l'usage :
Je veux la rappeller, mais sur tous mes efforts
Ulisse a toûjours l'avantage.

Invisible & presente, à l'aide d'un nuage,
Je le suy, je l'observe, il entend mes transports.
Rougirai-je à ses yeux d'un indigne esclavage ?
S'il dédaigne mes feux, quel affront, quels remords !
L'immolerai-je, helas ! si son cœur les partage ?

LEUCOSIE ET PARTENOPE.

Il faut vous servir malgré vous.
Assurons vôtre puissance ;
Frappons, hâtons la vangeance,
Qui peut vous accabler, doit perir sous nos coups.

LA REINE.

Laissez-moy seule, allez, c'est trop d'impatience,
C'est à moy de guider vôtre aveugle courroux.

SCENE IV.

LA REINE.

AH ! de quel trait fatal mon ame est-elle atteinte !
Je dois contre moy-même exercer mes rigueurs,
Je ne connois encor l'Amour que par la crainte,
Et ma défaite, helas ! commence par des pleurs ;

C'est l'espoir d'être unis qui flatte tous les cœurs ;
    Malheureuse, & je suis contrainte
De bannir pour jamais l'Objet de mes ardeurs.

Ah ! de quel trait , &c.

SCENE V.

ULYSSE, LA REINE.

ULISSE.

QU'entens-je ? c'est la Voix, les Sons victorieux,
    A qui mon cœur rendoit les armes.
    Ah ! les prodiges de ces lieux
    N'avoient pas préparé mes yeux,
    A soûtenir l'éclat de tant de charmes.

LA REINE.

C'est Ulisse, fuyons,

ULISSE.

            Dissipez vos allarmes.

Déesse, c'est sans doute un nom que je vous doy,
Recevez à vos pieds les hommages d'un Roy.

LA REINE.

Moy, Déesse ! jugez de mon sort par mes larmes :
Le Ciel met la Déesse au-dessus des malheurs,
Le Ciel laisse aux Mortels les soûpirs & les pleurs.

ULISSE.

Reprochez-vous aux Dieux des rigueurs trop cruelles?
D'un tendre Amant pleurez-vous le trépas ?
De si beaux yeux ne pleurent pas
Des ingrats ny des infidelles.

LA REINE.

Non, des loix de l'Amour mon cœur s'est dispensé.

ULISSE.

Gemissez-vous icy dans un triste esclavage?

LA REINE.

Que voulez-vous sçavoir ! & quel zele empressé?

ULISSE,

Vos accens en ces lieux captivoient mon courage,
Je cherchois d'où partoit le trait qui m'a blessé.
Vos attraits sur mon cœur ont achevé l'ouvrage,
Que vos chants avoient commencé.

Si parmy tous les Noms marquez par la victoire,
Le nom d'Ulisse est venu jusqu'à vous,
C'est luy qui de vous plaire uniquement jaloux,
Feroit à ce bonheur céder toute sa gloire.

L'OUIE,

LA REINE.

Ah! que n'avez-vous fuy l'approche de ces lieux?

ULISSE.

Qu'entens-je, vous fuis-je odieux?

LA REINE.

Un trouble moins cruel agiteroit mon ame.

ULISSE.

Qui peut vous empefcher de recevoir mes vœux?

LA REINE.

Les Dieux.

ULISSE.

Oppofez-vous ces Rivaux à ma flame?

LA REINE.

Leur voix, ma fûreté, celle de ce féjour,
Tout me condamne à vous ravir le jour.
Nous devons perir l'un ou l'autre.
Je ne puis prévenir ma mort que par la vôtre.

ULISSE.

Eh bien! voilà mon cœur, frappez, que tardez-vous?

LA REINE.

Quoy! tu perirois par mes coups!
Non, tu ne mourras point, fuy genereux Uliſſe,
Dût-on vanger ta fuite en me perçant le flanc,
Dût la foudre en tombant m'ouvrir un précipice:
Va, fuy des ennemis alterez de ton ſang,

Des

Des Monstres....

ULISSE.
Où sont-ils?

LA REINE.
Tu vois en moy leur Reine.

ULISSE.
Vous !

LA REINE.
Tu m'as arraché ce secret plein d'horreur:
Et je perds mes droits sur ton cœur.

ULISSE.
Ah! ne m'outragez pas par cette crainte vaine.

Je vous aime toûjours, adorable Sirene,
Les Dieux jaloux me tenoient dans l'erreur:
Sous un nom qui causoit ma haine,
Je trouve en dépit d'eux l'Objet de mon bonheur.

LA REINE.
Au nom de nôtre amour fuy ce fatal Rivage.

ULISSE.
Cruelle, pouvez-vous me tenir ce langage?

LA REINE.

Veux-tu donc te livrer à mes barbares Sœurs?
Veux-tu rendre mes yeux témoins de ton supplice?
Non, non, à ton départ la nuit sera propice,
Et je vais quelque temps suspendre leurs fureurs.

ULISSE.

Eh ! qu'importe qui nous sépare,
Ou de la fuite, ou de la mort ?
Reine, c'est à vos pieds que j'attendray mon sort.

LA REINE.

Que dis-tu ? ma raison se trouble, je m'égare,
Faut-il quitter mon trône, & trahir mes Etats ?
Faut-il être injuste & barbare ?
Parle, me voilà prête à voler sur tes pas.

ULISSE.

Venez, je vous soûmets de plus heureux climats.

LA REINE.

Je vais tout préparer pour nôtre délivrance ;
L'Amour va démentir les Dieux & leur vangeance.

Elle sort.

ULISSE.

Vôtre absence a pour moy les rigueurs du trépas.

On entend une Symphonie.

****

SCENE VI.

ULISSE.

QUels Sons harmonieux, quel spectacle m'enchante !
Ah ! Reine, des concerts si doux
Ne sçauroient soulager une ennuyeuse attente ;
Helas ! je ne veux voir & n'entendre que vous.

Les SIRENES viennent enchanter ULISSE par leur chants
& par leur danses.

SCENE VII.
ULISSE, LES SIRENES.
CHOEUR.

NOus enchaînons les cœurs, nous calmons les
  allarmes :
Jeune Guerrier, goûtez un repos precieux :
Les Mortels, par nos charmes,
Deviennent les Rivaux des Dieux.

UNE SIRENE.
A l'Amour offrez tous vos vœux,
Il ne tient qu'à vous d'être heureux ;
Il promet un sort plein d'attraits ;
Est-il fait pour vous tromper jamais ?

CHOEUR. *A l'Amour, &c.*

LA SIRENE.
Vos beaux ans n'ont point de retour,
Le Printemps se doit à l'Amour :
Le temps presse,
De la jeunesse
Ne perdez pas un jour.

CHOEUR. *A l'Amour, &c.*

LA SIRENE.
Trop heureux qui sçait bien choisir
Les chemins qui vont au plaisir !

Les langueurs,
Les tendres ardeurs
Sont le bien des cœurs. CH. *A l'Amour,* &c.

UNE AUTRE SIRENE.

De l'Amour tout subit les loix,
Mais ce Dieu plus jaloux du choix,
Ne prodigue pas l'art de plaire,
Et l'honneur d'exercer ses droits.
Si l'Amour met à ses faveurs
Un tribut de soins, de langueurs,
Heureux ceux que sa main legere
N'enchaîne que de fleurs!

Tous les jours sont pour les Amants
Des jours purs, sereins & charmans :
Des transports toûjours renaissans
De ces jours ne font que des momens.

Les cœurs ne sont que trop punis
De ne pas luy rendre les armes :
Quels biens leur étoient promis !
Il faut pour juger de ses charmes
Les avoir sentis :
Liberté, tu n'es rien à ce prix.

On voit paroître les Grecs de la suite D'ULISSE.

LA SIRENE

Nos chants de toutes parts attirent nos Victimes
Elles vont éprouver nos fureurs légitimes

SCENE VIII.

ULISSE, ORPHE'E, LES SIRENES.

ORPHE'E.

*U*Lisse, éveillez-vous, sortez d'un piége affreux.

CHOEUR DES SIRENES.

Quel Mortel vient icy nous faire resistance ?

ORPHE'E.

Ulisse, éveillez-vous sortez d'un piége affreux.
Mais ce profond sommeil favorise mes vœux

Apollon, si c'est toy dont je tiens la naissance,
Ne trompe pas mon esperance.
Instruit par tes leçons je rendis autrefois
Les Arbres, les Rochers dociles :
Par des prodiges plus utiles
Soumets la Nature à mes loix.

CHOEUR.

Est-ce un Dieu dont la voix confond nôtre puissance ?

ORPHE'E.

Monstres, gardez un éternel silence ;
Dangereux Ecüeils de cès mers,
Que vôtre changement étonne l'Univers,
Et signale à jamais une juste vangeance.

Les Sirenes sont changées en rochers.

Volez, venez Guerriers, enlevons ce Heros,
Assurons ses jours & sa gloire ;
Qu'il parte, qu'il fende les flots,
La fuite des plaisirs devient une victoire.

ULISSE est enlevé dans le Vaisseau.

SCENE IX.
LA REINE.

T'Out est prêt, & je puis rejoindre mon vainqueur...
Ciel ! je ne le vois plus : quel spectacle d'horreur,
Quel changement fatal, quel trouble me devore!

CHOEUR des Grecs dans le Vaisseau.

Fuyons, éloignons nous de cet enchantement.

LA REINE.

Où vas tu cher Ulisse ?

ULISSE.

Ah ! je l'entens encore.
Retournons, descendons.

LA REINE.

Attens moy, cher Amant,
Ou viens voir perir qui t'adore.

ULISSE.

Cruels Amis, du moins fuyez plus lentement.

CHOEUR.

Fuyons, éloignons-nous de cet enchantement.

SCENE X.
LA REINE.

IL me fuit, & pour luy mon lache cœur soûpire!
Meurs Ingrat, ce n'est plus qu'à ta mort que j'aspire.
Que les vents, que les flots s'elevent contre toy ;
Je t'immolois mes Dieux, mes Sœurs & mon Empire.
Tonnez, ô Ciel, tonnez sur le Traître & sur moy.
Brisons, brisons le trait dont l'Amour me déchire :
Ah ! de mes tristes jours éteignons le flambeau,
Rapides Flots, servez moy de tombeau.

La Sirene se precipite dans la Mer.

FIN.

LE GOUT.

SUJET.

BACCHUS amoureux d'ERIGONE, prit la forme d'une grape de Raifin, & à l'aide de ce Stratagême il fût heureux. Sans rien changer au fonds d'une Fable confacrée par la Poëfie & par la Peinture, on y a cherché des preparations vray-femblables ; & ce qui a déterminé au choix de cette avanture, c'eft la qualité des prefens de BACCHUS, plus affectez au plaifir du Gout, que les préfens des autres Dieux, qui femblent ne fervir qu'à foulager des befoins.

Ovid. L. 6. Metam. Fab. 9.

ACTEURS CHANTANTS.

ERIGONE,   Mlle. Antier.

BACCHUS,   Mr. Tribou.

CEPHISE,   Mlle. Petitpas.

PEUPLES *de Carie.*

FAUNES, EGYPANS,
ET BACCHANTES.
DEUX BACCHANTES, Mlles. Petitpas & Dun.

ACTEURS DANSANTS.

FAUNES, EGYPANS ET BACCHANTES;

Mademoiselle Camargo;

Messieurs Dupré, Dumay, Bontemps, Malter-C.,
Hamoche, Javilliers-C.

Mesdemoiselles Mariette, Durocher, Richalet,
Carville.

LE GOUT.

Le Theâtre repréſente une Campagne, dont la vûë
eſt bornéepar le Temple de JUPITER, & par
la Ville de Carie.

SCENE PREMIERE.

ERIGONE, CEPHISE.

CEPHISE.

Elle Erigone, enfin, couronnez-vous les vœux
D'un de ces demy-Dieux ſoûmis à vôtre
   Empire?
Le Dieu des Bois pour vos charmes ſoûpire,
Faune, Silvain brûlent des mêmes feux:
Nommez l'Epoux qui doit vous élever aux Cieux,
Nommez le Souverain que le Peuple deſire.
ERIGONE.
Fille de Jupiter, l'Olympe m'eſt promis:
Mais tu ſçais qu'à ce rang l'Oracle met un prix:

4 LE GOUT,

Il veut qu'à mes Sujets je choisisse pour maître
L'Amant, dont le pouvoir se sera fait connaître
     Par les bien-faits les plus cheris :
Leur bonheur & le mien à moy seule est remis.

CEPHISE.

        Ces Deserts, cette Isle sauvage
Sont devenus pour nous de fertiles guerès :
        Triptoleme instruit par Cérès
        Nous a fait oublier l'usage
        Des rustiques fruits des Forests ;
Nos plus pressans besoins par luy sont satisfaits.

ERIGONE.

        De nos Champs l'heureuse abondance
        Remplit nos avides desirs ;
Mais d'un bien plus parfait je conçois l'esperance,
        Je sens qu'il est une distance
        Des besoins aux plaisirs.

CEPHISE.
Vertumne aura donc l'avantage ?

Voyez pour vos plaisirs ses soins ingenieux :
Ces Arbres ne donnoient qu'un ennuyeux ombrage,
Sa main vient d'enrichir leur sterile feüillage
        De mille fruits délicieux :
        Chaque Saison les varie en ces lieux,
Et de ce tendre Amant renouvelle l'hommage.

ERIGONE.

Ces dons reveillent-t-ils nos esprits languissants ?
Ah ! Cephise, peut-être un desir témeraire
M'occupe d'un bonheur, que le Destin severe
     Refuse aux Mortels impuissants,
Des attraits pour le Goût, qui portent jusqu'à l'ame
Une douce allegresse, une subtile flâme,
Et mettent la Raison du party de nos Sens.

CEPHISE.

    D'une séduisante chimere
  Nos cœurs devroient moins s'occuper :
On perd un bien present, on le laisse échaper
    Pour un bonheur imaginaire.

   Mais, puis-je enfin vous parler sans détour ?
Un Heros jeune, aimable, & tout couvert de gloire,
Vainqueur de ces climats, où commence le jour,
Est devenu pour vous l'Esclave de l'amour :
    C'est ce Mortel, j'ose le croire,
C'est luy dont tous les Dieux doivent être jaloux ;
Il rabaisse à vos yeux, tout ce qu'ils font pour vous.

ERIGONE.

Moy ! je pourrois l'aimer ! Cephise, à sa tendresse
Je pourrois immoler tous mes droits sur les Cieux !
    Non, je veux à tes yeux
    Prévenir ma foiblesse :
Va, que mon Peuple icy se rassemble à ta voix ;
    Ils vont connoître leur Princesse ;
Que leur interest seul détermine mon choix.

A 5. iij

SCENE II.
BACCHUS, ERIGONE,

BACCHUS.

CRoiray-je de mon cœur la flateuse promesse?
Il me fait esperer de vaincre mes Rivaux;
   Mais, suffit-t-il de ma tendresse?
Et pour vous meriter, adorable Princesse,
Faut-il courir encore à des exploits nouveaux?

ERIGONE.

Les Indiens vaincus & la Thrace asservie
     Ont signalé vôtre valeur,
Les plus fieres Beautez ne pourront sans envie,
   Voir dans mes fers un si fameux Vainqueur:
     Mais je me dois à ma Patrie,
   Tout céde au soin de faire son bonheur.

BACCHUS.

A dompter ses voisins, si vôtre Peuple aspire
J'étendray son pouvoir, j'ose vous le prédire,
Et plus que Mars encor l'Amour m'en est garand.

ERIGONE

Vous sçavez que l'Oracle à ce naissant Empire
Destine un bien-faicteur plutôt qu'un conquerant.

BACCHUS.

    Cruelle, j'entens ce langage:
Sous le voile trompeur d'un zele genereux,
Vous cachez un refus, un mepris qui m'outrage:
Vôtre choix est donc fait? un de ces demy-Dieux...

ERIGONE.

J'ignore qui d'entr'eux aura la preference.

BACCHUS.

Vôtre cœur en secret sçait vous en assurer.

ERIGONE.

Je n'en crois point mon cœur, il pourroit m'egarer;
Je risquerois le prix du sang qui m'a fait naître:
Un Mortel sur les Dieux l'emporteroit peut-être,
Et je perdrois l'Olympe où j'ay droit d'aspirer.

BACCHUS.

La seule ambition vous fait donc soupirer!

Non, non, le Séjour du tonnerre
N'offre à ses habitans que d'ennuyeux loisirs:
Ils sont jaloux de nos plaisirs,
C'est pour les partager qu'ils viennent sur la terre.

Ah! vous le trouveriez ce plaisir précieux
Dans un cœur, enyvré d'une tendresse extrême,
Dans un cœur, qui jamais n'a partagé ses vœux,
Qui de sa liberté faisoit son bien suprême,
Jusqu'au moment qu'il a vû vos beaux yeux.
Et quel amour plus pur? l'espoir du Diadême
Ne m'a point conduit en ces lieux,
Je ne cherche en vous, que vous-même.

ERIGONE.

Je sçais que vôtre bras sçut enchaîner des Rois,
Je sçais que plus d'un Trône étoit à vôtre choix,
Et je sens tout le prix d'un pareil sacrifice;
Mais, ne m'accusez point d'une aveugle injustice:

Un devoir trop imperieux
A fixé mes deſtins, il faut que je choiſiſſe
Un Epoux qui m'eleve aux Cieux.

B A C C H U S.

C'eſt à vous de faire les Dieux,
Et c'eſt l'étre déja, que de pouvoir vous plaire.

E R I G O N E.

J'entens du bruit, le Peuple avance dans ces lieux.

B A C C H U S.

Non, je ne verray point d'un Rival temeraire,
Le triomphe odieux.

S C E N E I I I.

BACCHUS, ERIGONE, CHOEUR D'ICARIENS

L E C H OE U R.

BElle Princeſſe, offrez à nôtre impatience
Offrez le Souverain, dont nous ſuivrons les loix;
Nos cœurs ſont en vôtre puiſſance,
Et nous benirons vôtre choix.

E R I G O N E.

Entre tant de Rivaux j'ay tenu la balance;
Leurs bien-faits pour vous ſont leurs droits;
Jugez de ces bien-faits, & donnez vôtre voix
A la ſeule reconnoiſſance.

LE CHOEUR.

Nous ne respirons que pour vous ;
Parlez, soyez heureuse, & nous le sommes tous.

ERIGONE.

Eh bien ! que Jupiter auteur de ma naissance
Et pour vous & pour moy décide en ce grand jour ;
Qu'à mes troubles secrets il impose silence,
Je vais le consulter, attendez mon retour.

SCENE IV.

BACCHUS, LE CHOEUR.

BACCHUS.

O Toy, que l'Univers adore,
Toy, qui pour Sémelé brûlois des plus beaux feux,
Jupiter, c'est ton Fils, c'est ton sang qui t'implore :
Certain de ton secours je n'avois point encore
Reclamé ton pouvoir en des perils affreux :
Le moment est venu, Jupiter, fais éclore
Un Prodige, garand du succès de mes vœux.

On entend gronder le Tonnerre.

Jupiter me répond par la voix du Tonnerre,
De l'Objet de mes vœux trop fortunez Sujets,
Je vais changer pour vous la face de la Terre :
Reconnoissez Bacchus à ses bienfaits.

Le Théâtre se change en Treilles chargées de pampres & de grapes
de raisins : On voit sortir du sein des Rochers, des Fontaines de vin.

Naissez Pampres féconds sur ces Rochers arides,
Faites-en pour moy des Autels :
Coulez Nectar divin, coulez à flots rapides,
Que le Gout précieux de ces tresors fluides
Ranime les Mortels.

LE CHOEUR.

O digne Fils du Dieu qui lance le Tonnerre,
Amour du Ciel, Delices de la Terre :
O Bacchus, reçoy nôtre encens :
Quel spectacle nouveau ! quels aimables présens !
O Bacchus, reçoy nôtre encens.

Les Egipans, les Bacchantes, & les Peuples arrivent en dansant;
ayant à la main des Tyrces & des Tambours de Basques.

SCENE V.

ERIGONE, BACCHUS, CHOEURS.

ERIGONE.

Qu'ai-je vû ! quel pouvoir commande à la Nature!
Temples de Jupiter, qu'étes-vous devenus?
A ces berceaux naissans quels tresors suspendus !
Je voy dans leur vive peinture
L'Ambre & la Pourpre confondus.

Quelle Liqueur enchanteresse
Sort de ces fruits délicieux !
C'est le Nectar que la Jeunesse
Présente à la table des Dieux.

CHOEUR.

CHOEUR.

Chantons Bacchus, c'est à sa main puissante
Que nous devons un bien si précieux.

BACCHUS.

Couronnez-vous, enfin, ma flâme impatiente ?

ERIGONE.

Ne vous oposez plus aux volontez des Cieux.

CHOEUR.

Chantons Bacchus, c'est à sa main puissante
Que nous devons un bien si précieux.

ERIGONE.

Parois, divin Bacchus, vien remplir mon attente.

BACCHUS.

L'Amour le presente à vos yeux,
C'est le Fils de Jupiter même.

CHOEUR.

Nous sommes les témoins de son pouvoir suprême.

ERIGONE.

Eh ! pourquoy si long-temps me laisser dans l'erreur ?
Pourquoy dissimuler un sort si plein de gloire ?

BACCHUS.

Il falloit signaler mon Nom par la victoire ;
Il falloit de mon Sang soûtenir la splendeur,
Et même avant les Cieux, meriter vôtre cœur.

B 5.

LE GOUT,

Aux Peuples.
Célébrez l'Objet qui m'engage.

ERIGONE.

Ne chantez que le Dieu qui couronne vos vœux.

ENSEMBLE.

Rendez graces { *à l'Amour,* } *luy seul vous rend*
{ *à Bacchus,* } *heureux.*

Non, leur bonheur est vôtre ouvrage.

Célébrez l'Objet qui m'engage

Ne chantez que le Dieu qui couronne vos vœux.

Les Peuples & les Bacchantes forment le Divertissement.

UNE BACCHANTE.

Des Plaisirs
Bacchus aimable Maître,
Remply nos desirs,
Et les fais toûjours renaître.

Les Amants
Pour plaire, n'ont qu'un temps :
De tes présens
Tout âge
Fait usage.

Ta Liqueur
Rend l'Amant vainqueur,
Et sçait adoucir le cœur
Le plus sauvage.

Parmy nous,
On n'est point jaloux,
Et tes biens en sont plus doux
Dans le partage.

DEUX BACCHANTES,

alternativement avec le Chœur.

Avec les Ris,
L'Enfant de Cypris
Donne à Bacchus l'Art de plaire :
Avec son Jus,
Le charmant Bacchus
Rendra l'Amour plus sincere.

Vainqueurs charmants,
Reglez nos moments ;
Lancez vos traits & vos flâmes ;
Regnez en paix,
Verfez à jamais
La volupté dans nos ames.

CHOEURS.

O Digne Fils du Dieu qui lance le Tonnerre,
Amour du Ciel, Délices de la Terre :
O Bacchus, reçoy nôtre encens.
Quel spectacle nouveau ! quels aimables préfens !
O Bacchus, reçoy nôtre encens.

FIN.